U0414887

The Lure of Secularity

by

Fan Xue

走马灯

范 雪 著

华东师范大学出版社

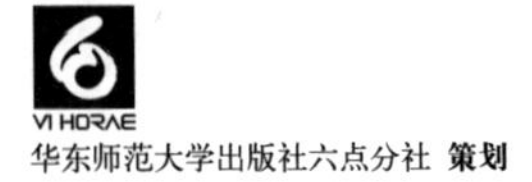
VI HORAE
华东师范大学出版社六点分社 策划

目录

紫禁城

——我们正努力地争取着的肤浅

你略带嘲讽地描述了我们的紫禁城之游，
在这微雨的夏日清晨，别人
仿佛于忙碌中，都抵达了可能的成功时，
我们嘻嘻哈哈把皇上给逛了一下，
把话一句推一句地
流淌不尽，流像没用的金水河。

消防车在城墙外刺耳地让早上的景观
有了一次振奋，紧接下来老狗一样
疲软的恢复，他们说才是生活。
有人在护城河边劈叉，
有人带着孩子看手机，
它再一次证明，热烈几乎只隶属抽象。

可你们存在着。
肉滚滚的身体，还有服装。
那些价格朴实的来自成衣制造业的装饰，

加剧了你们民主主义的性感，这
在骨灰般的紫禁城广场里，摇晕了
好几个大殿，铅色天空和远处北海的白塔。

穿行遗迹中，目的是行一次乐。
你坐近我身，讽刺后，
躺上青砖地；她使用了自拍杆后，
蜂浆的脸也挨近了你。
缓慢上升的甜蜜，忽然脱缰，
跟命一样可靠。

远处，宫门正向拥踏而来的群众敞开，
我们清晰感受着
浮在水缸里的莲花，是这世界的一层粉色脂肪。

2015

走马灯的北地河上新年会

离开不说话的家，人们一起离开。
到一去就会觉得高兴的地方，
在节日这一天，节日就是这样快活的忙碌。

和妻子、和丈夫、和姥姥、和女儿、和儿子，
离开胸口感到闷的房子，人们一起离开
锁在城市枯燥空气里的大大小小的公寓。

沿着高楼之间的河流是八里长的走马灯，
连接了天上和水下，电气都市一瞬也有浪漫，
举着手机拍下的美景，发在三个社交平台上吗？希望谁看到呢？

你看，看不见夜里人们穿的衣服，
看不见离开家的一家人，在走路吗，在笑吗，
关系在变得温柔吗。璀璨的红光照亮了大家的幸福。

水边的花也盛开了，花瓣掉在草上，

一人一片，一人提一个生命的灯，在熙攘的春天夜里，
像秋千一掠，望见了其他的风光。走在河边的

美少女画着纯白的妆，卧蚕的眉毛和红唇，
一代比一代的女人啊，一代代的浪费了吧，
不满足今晚节目拍了三十六张相片，怎么才能奔放啊。

好想和想在一起的人在一起才会舒服，
但独自着散乱才是本质，脉冲代替肉和肉接触着。
大家不断在分身，虚着的身影正像凉亭里紫藤盛开的碎花阴。

哪有谁都喜欢的风俗，哪没有真心沉醉的时刻。
被奉上 Tiffany 和 Cartier 也是寂寞的，漫天光雾的下面，
走马灯间隔着心脏在跳的鼓点，上下和左右一并都荡开。

2016

现世里那神气正泛着微光

小伙儿往铺着荷叶的案板上倒了十几条肥草鲤，
县上马羊攘攘的街里，中年人热烘烘地一片嬉闹，
贯市而过吹荡了景观的是中国的风，
好脾气的一碗粉啊，神像在旁边六欲得宜。

能耍两下武艺又能唱曲儿的阿叔，几时办大事都听他的，
她涂着圣罗兰，也眼前一亮就认出该崇拜谁，
生活里市井把自然和历史的发展学都淌成传奇了，
这终究是人的光辉，山水和经传都那么的淡荡。

2015

红土山谷中弹出了一声南方琴弦

Amtrak 是工业时代诚实的遗迹，
拖拖拉拉晚着点带我们到了南方山谷。
当北方人都是反抗者，西装、杂志和新印的钱，
而南方人慢悠悠地做亚当夏娃。

小站的铁丝网隔开乱树林，热浪在树冠蔓延，
侃了半天大山的黑人启动一辆点状白皮卡，
闷湿空气偷袭人，蓝绿铜矿，
山谷沿着经线的方向做日光浴。

老总统们，此刻外国人也不是空心的，
我们清楚这世界，不会再困扰了。
游荡和亲热着我松松骨，感染心对原始
安宁的卸防的渴望，感染成熟的天真。

而谷底忽然一声吉他弦，通过喇叭
流淌出红土比火车更过时的赤裸温暖，
也一下子就整理好了这方圆的秩序。

焕然一新，我在密西西比梦到奇迹。

2014

见过的一个神仙

她趴在月光下窗口旁的双人床上，
隆起的雪白的屁股让满室通明，
她背上未生翅膀，不是天使，
却神仙一样着迷人间生活。

2009

盛夏

盛夏里，我放暑假

蝉叫过午后

这国家树叶绿得异常

小学生上学，上班的不归

砰砰地心跳

我尚不怕晒黑能享受阳光

我爸爸住在同城

我妈妈住在同城

我丈夫住在同城

我上班无需早起

他们都有房子

账户里有钱有股票

他们定期检查身体

身体仍笼络着活力

盛夏里，我有个暑假

云飘在凉席上

我积累一些钱又无需奔波

只用想着回农村度假

哦，我公公住在同城

我婆婆住在同城

我丈夫住在同城

他们一家恩爱

兴趣广泛，钓回来的鱼

还在水里睁着双眼

夏天的繁阴

我一点也不想哭

2013

南方新娘

九月末下午的办公楼里，

一支笔汹涌望前不能自已。

有过赞许、嬉戏、一往情深，

从脚踝生起，在眉间繁盛，

长存挥霍的心。

手从大腿间离开时，

一个贝鲁特姑娘，她正在成为战士。

那时候，我刚出生，

混着指甲盖里的污血

昏昏在福运里，感到恶心。

把照片送给老师、领袖和她的神。

荒草间的风吹开衣领袖口，

抱紧 AK－47，

她抱紧一段手臂，

她说：外来人你怎么可能明白?

一个女孩儿，二十五岁，
我逆来顺受，没成就在手，
也以为衣装裹不住运气，
男的和住的，都是无所谓的，
自己会是选民。

因此我能领悟一些：
青春做伴，白日放歌，
租来夜床的被单上，
蜷着数尺月光，
这些年，人们互相理解，赢得了表扬。

2009

北京的问好

正是隔别两年归国的闲散时光，
细微景观一下就把心抓住，
让我在空洞地撩拨头发时感觉到爱。
这是经不起推敲的感情，
平行于纽约东区街头观赏得体，
万国美味和美色，纵身愉悦，
与我又有何真实干系？
和四部手机趴上朝阳区的沙发，
我忽略绿荫映进地毯的舒服。
一种资产者的舒服，一个空中楼阁，
荡漾在土地被设计出的所有权、
开发权、使用权和产权上。
它们行走之处，是当代的神的所在。
但父叔辈表达了
现在不就是各家历史上最好的时候？
剩余和快捷在转瞬的每日
风云际会。
手机结合这愉快，

模样高贵，让人给跪下了。

这刻，我谈论着比特世界的意气风发，

寂寞柔肤总不断贴向冷漠机器，仿佛失禁。

统治丧失，我很焦躁。

像一个在广场分析自我的人那样，

我蓄意出门吸收所有风光和情意，

匮乏得怎么也不能于所在获得圆满，

昏沉地从城东晃到城中，

重大和琐碎都漫出屏幕，

左右我们的状态。

我的咖啡需要动用一个团购的设计，

午餐需要它的唯一对手的相同设计，

把广告穿在身上的人淌汗送来冰激凌，

对面的人向我畅想，几种欲望

被网络一理，压榨得就再细些。

我认识到这次重逢需将一切 reloading，

reload 进手机的 app 也 reload 着弹药。

我的隐忧是我的成见。

我的成见让我浑身敌意。

我学到太多，立场太死。

操种和族的心，看市民的精神力比

90 年代经济特区的城中村里

性病治疗方案贴满水泥空间更糜狂。
这伟大城市将拥有最蓝的天，
以悉心照顾一些被损害的人晃动细弱四肢
享用另一些被损害者的精壮的伺候。
他们在挣体力。
一个无边的市场，
掐住来来往往把大脑袋探进去的脖颈，
这些脑袋被抽象成经济真理，
顺手兑换出朴素的方便的感觉。
而方便已光临过我了，比如开房，
它留下恶心的缺乏海誓山盟的后遗症，
秃秃羡慕球形人与天神干仗。
但其实，人们是高度统一的。
我想再用一杯咖啡，把自己补救一下，
却坍塌在星巴克的快递前。
无关的楼下。
无所谓的封闭的自由。
无欲无求的欲望朝夕遍地民主。
通过线条比一般男性路人还性感的米 4，
她叫来一辆计程车把我救走，
司机专注一路和软件对话盲抢订单，
她处理棘手的微信转账。

在北四环上，我看到这里仍有玫瑰色的盛夏，
爱的空洞，筋疲力尽。

2015

一个京城男副处的忧伤

“几年没见，看起来气色很好，过得好么?”
“很无奈也挣扎，晚上常去一个爵士酒吧，
一个人静静听歌，喝点酒。之前去了蒙古，
你有过在草原上飙车的经历么，特棒。”

“听说升职了，要开始真正重要的事业吗?”
“手下有几个小兵，很多事让他们干行了，
再往上升不知何时，还得网络厉害人物，
理性分析经济，跟上政策，把握好市场。”

“听着不错，现在应该算已进入富裕了吧?”
“2004 年挖了第一桶金，买了两三个房子，
后来倒卖两次，赚了些钱，现在不做房，
放贷给做政府项目的朋友，权当是帮忙。”

“这么看很不无奈。就是，怎么头发少了?”
“前年错吃了半年某个牌子的补药，掉得
厉害，到现在一直看医生，老长不回来。

开始去健身房了，周末打高尔夫，舒爽。”

“人父了，掉就掉吧。孩子，有三岁了没?”
“孩子挺好，跟老婆除了孩子，就没话了。
有个女孩，爱我，我们有很多共同语言，
是知己，哦我们不纯洁了，她漂亮 and young。”

“这个不评价。免得我大规模攻击你。不过，
这生活能计算出的指标都荣耀，抱怨啥?”
“有太多无奈，很想解脱。这个社会，欲望
横流，权力话事，钱色交易，操蛋的蛮荒。”

2015

坐在中年师长的客厅里

坐在中年师长的客厅里
柔软的沙发和论法的精神
我认真看着他
刚谈到边疆诸事困扰人心
又言及手头并行各项大业
他说到数个人名，当然也是名人
他们多年来都是伙伴
一束强光打向年轻的日子
我好像能看见
那个年纪最有深意的舞步
在笔迹上，在好身体上，在朱熹的手掌上
阳光里的一把富贵竹也抖擞精神
站起身来，我在书架前赞叹
我年纪略小又是女子
所以更看得清各种伟大
不过，还是让我们共勉吧
你看那堆书里不是还有几册王半山么

2011

红星机械厂

大雾一样奇异

大马路白花花的

路边全在卖花圈和寿衣

月季花沾着土

住红砖平房的老人一只眼睛斜了

午饭里有糖拌西红柿

坐在土坡上望着黄河那边还是土坡

一列火车开过，从西安到拉萨

想试着想他曾有荣光，很容易

要此刻颤抖着伤感，也真诚

但发现研究变迁史更可靠，却不痛不痒

溜下土坡，黄昏菜市场风吹塑料布哗啦啦地响

阵阵冷汗，哦阵阵冷汗

我面无表情

2011

六十岁的饭桌上

话秘史，谈政局，摆牌场

吼一把烟痰，哄一轮白酒

方言发声比普通话有力道

就像盘踞地方，扎人际的网捕方便的鱼

根本不羡慕北京上海有没有市民阶层

坐诊的，把胰岛素打进脂肪

挖煤的，拦住江山卖神称王

暗地操作赌场者，应供需经营起钟点房

其他退休的，要组团光顾农村生活

只有临换届退休的市领导，焦虑烂额

面色凝重似遗传了电视上的上级

所忧所虑，具体而微

周游一桌，皆是人间洪钟

本事被集体浪费过，所以恨得痛快

稍惊心肝胆有醇

很恐惧计划生育的恶果

希望在于忽然富裕

年轻一代只需无语遗传

遗传存款投资不动产

遗传行业工种方便的网

当然最要紧之一，遗传出男性婴儿

拥有为坏的能力，名叫社会

2012

波德莱尔写得太动人了

波德莱尔写得太动人了！

不是么？

他们朝洞开的深渊狂奔不住，喝饱了自己的血，

最后都决心宁苦勿死，宁入地狱不求虚无！

伟大的手指啊，

把讽刺的旧袍子扔上天吧，

也别把太多的智慧留给写诗这件伤心事。

你看年老的年幼的富贵的被损害的，

要保全人生都得把日子过成

骗人骗己的华宴，

都得在赌桌上有一手大运，

但命运这件事从马拉美到伍迪·艾伦，

谁能说出个一二三四五六。

别太把白色恐怖红色恐怖医术欠妥的过去当回事，

现代的恐怖已足够让你惊悚地琢磨。

被虐的捆绑的互相残杀的天经地义的，

没有了救世主的人间谁去敲打人人有所持人人有规矩的心脏。

哦，不该依赖什么神仙皇帝，

反正这些都是在完蛋的路上，

我们这一代看不到，

我们这一代在无聊的工作和人生中帮助着这一切。

2011

那个怀旧的江湖的少年

我快速地跟他把彼此搂入怀里时，

感受到了温和的体温。

这让期待在刹时接触里忽然放了心。

他像一个定格的梦，

放映了好些美好的带着黄昏光晕的事，

运行着那么多让我快乐的说话和动作。

在多么简洁中讲出骄傲，

和周围环境蟒状干燥群山同样愣，

也典型青春期地要把自我表达。

我恍恍惚惚地观看他辉煌的伤疤，

熟悉又熟悉地复习那些义气，

想照顾起整个少年，

天性由根茁壮的人，一点就着，

比一切传说更纯粹。

我们把彼此搂入怀抱时，

我想我在抱着一个过分的美好，

但是是过时的。

青春是过时的，不流行不高级。

我为之震动的少年品质，

和眼下漂亮的温和的直接的年轻，

一同过时。

连黑社会也过时了。

暴力也过时了。

这里的群山有伟大本体，是世界中心，

此刻却加快抽打过时的速度。

我们在高原上雪白的人群里接受到一点真实体温，

我抱着一个黄昏光晕定格的梦，

他越热烈，这梦越把心脏一次次推倒重建。

2015

三个妓女

三个妓女，莺莺燕燕笑笑
同在一个寨子里，无聊啊，
日子空荡荡的，就是吃吃葡萄，
趴在窗台上看，笑得莺莺燕燕。
一个公务员要来管理这乌烟瘴气，
小红伞、南北行，鱼虾腥气飘满了街，
漫天是金粉，姑娘们纷纷下一字。
公务员被感染了，莺莺燕燕笑笑
都为他怀孕。他们拍照，
笑得莺莺燕燕，纪念幸福。太费解了，
如此的太平盛世，歌舞升平。

2010

择偶的黄昏

穿着短裤背心加裹着一团白纱
她坐在堤坝上晃荡两只脚
山和海赞美她
要她做退潮后肥硕的滩涂
把每一次婚礼和交媾都发酵成富裕
她脸上锁着焦虑
把大海踢向远处
那些情人贵人老人小人们
身体的按需分配多么难实践
更别提恰到好处，经济与预算
总是做了感情的修辞，心的奴隶
她愿望着有一天成为肥沃的滩涂
让自己的见识吃惊
这时候一个漂亮的文学青年出现了
白衬衣罩不住年轻光溜的天赋
他夹着部现实主义作品引诱她
像婴儿踏过妈妈的胸前
她很快识别出那化身沃土的欲望

在校服松开的领口

伸出一只登堂入室的好奇心

她松开文学青年腋下著作

虽仍惦记买一间小屋嫁给银行

但已来不及计划与经济

把文学和青年扑倒在退潮的黑色滩涂

才发现正实习经世致用的第一课

2013

妻子

妻子把酒杯举得似是蜜糖倾泻。

温凉手臂上蒸起的香水味

在我身边这样那样地撩拨头发。

抿唇，托腮，抚摸色如深渊的翡翠

耳环，都是她守株待兔的快乐。

欢笑中热风的海浪，一卷，卷一漫。

咸腥是有腐蚀性的，闯荡进

这空间，塑造了兴致昂扬的感性体系。

巨大植株的芭蕉林，在漫山遍野地摇曳，

足有视力所及那么多，

足有一万种样子解释着自然，

煽乎人们胸口的妖邪，要人间之滋味。

太奇妙的偶然性。

偶然地，纯粹是开上了一段高速公路，

一些仪式规定我们互相花掉最多的时光；

某类尚未知可否被取代的策略，

指着我在这条公路上速度与激情。

可太偶然了。妻子一切教养的痕迹，

行云流水又令人愉悦，

让我偶尔误会成陈辞滥调的相爱，

却也愿意猛然惊醒：多么无端狂妄，

将自我设计成课桌前的学生，

做算术去分配所有。

她的人运行在群众里，大家都有

不同的享用，她与她带来的少女

以女人隐秘且崇高的信任，把

福气和孕气落实发生，似是春耕运动。

她说起在各种秘密的社会关系里

怎样做完整的人，送上巨型

铁板大盘鸡拉条子的小伙儿，

一双炯目豹眼，对视上她，少说有八九秒。

窗外正好有雨后的红绿街灯，

为他们的此刻，染满了浪漫。

风动一山的芭蕉林，

天是水蓝，大地在仲夏失魂，

这一点，不会是偶然。

2015

仿《摽有梅》

太想念，激烈之爱在危险和成人之间
每寸目光下有一个大世界，你们怎么安置人生
他们在看，她们在问，开几个小时房
从饭馆到楼梯到浴室，散开衣衫就是架起一往情深的武器
保护了谁，愿有情人也能朝朝暮暮
在热烈里崩溃，醒来，琢磨，博爱
尘世边界恍惚
你中有我，我中是我一路走来的努力

2012

一二年的最后一天

一年的最后一天，
南中国海大好的天儿。
少年们卷来了轻松，
明眸皓齿，胶原蛋白洋溢，
莺莺燕燕地包围着。
从饭馆到 CLUB 到 KTV，
最后在接近天空的酒店客房里，
青春性游戏补足了时间。
浴缸中打牌，大床上游泳，
泳池里一口口咽奶油蛋糕，
和真人接吻和假人睡觉。
海湾之上，有一片赤空。
在此刻收获经验，
在此刻分析生活，
一阵崩溃，一阵轻盈。
鬼一样的一往情深，
在一年的最后一天。

2013

欢后爱前

推门进来时，有人在吃大葱猪肉馅的包子，
味道在空气里很明显的，在这有点冷的酒店大堂。
可以叫大堂么？三等旅馆的柜台，
也挂着四个世界时钟，从纽约到东京。也有点人声鼎沸，
退房开房的客人都望过来，似乎发现了布料下的身子一喘一息，有些发抖。
按开小电梯，小电梯支支吾吾，红色地毯铺满一平方多点儿的脚下。
七楼。机械声运作，钢铁的光影闪回，手腕白肤碰上金属，
传奇的七情六欲从腿间升腾，游龙一样散开，保护和看守。
绷紧屁股，绷紧安详的肚子，也绷紧绷开了的胸，
红色熔浆在温度的悬崖上跌宕。
终于，在白色的房间里，独角戏有了双人舞。
浪漫教导了真诚，理性教导了技术，自然教导了道德。
那么明白的匮乏，为了圆满，我们上穷碧落。
坐在电视柜上，眼前有一摊凌乱，
熄灭了有碍观瞻的冲动，还有什么能表达深爱？
坐在电视柜上，游龙仍在回旋，紫金色鳞片高贵得要命，

紧紧搂住它粗大的蛇形躯体，也勾住它的尾巴，
它听话地回应以暖意，那被交欢打断的爱的浪潮，也正在恢复。

2015

太行山之恋

——仿《天城越え》

一屋昏阳，冬日的柿树下

扔在黄土院口的镰刀拦在摩托车前

那么着急啊，被褥还卷着草

枯树枯得心烦

你去死吧，也可以吧

乱糟的头发，脱在堂屋的裤子

那是我元旦在镇上新买

又缝紧了扣子，修过裤脚

太行山十八盘山道，九十九条狭路

一条向下的白凤河，一道上锈的铁路

火车飞过，河冰炸裂

月下不怕结霜冻雪的呼哧

火炕上隔着我向妹妹伸去的粗手

从这，就从这，走两步就是悬崖

我晾好的面，碾好的米

买来了宝丰

亲爱的，你从城里带回了什么

赌一口气

我们粗暴开始的成亲

也曾越来越浓烧成荒山天边的烈霞

那时的浓郁，已成了淤青

要你死吧，不合理么，你说呢

千仞壁立，太行山九十九道都是狭路啊

2015

小花

石膏挨着两棵锯掉了枝的树，

把白色的灰淡淡涂抹在他们脸上。

那些断枝的面，枯寂得可爱，

想把脸抬着，想在半空里，

迎接到一些隆冬该下的雪，

带着平整的被齐齐切去的表情。

他手沾着好些敲砸回忆的岩石末，

手往上的皮肤白嫩得是老了才会有的。

胆子在旧树前像日常一样立正了一会儿，

他头发的颜色，琐琐碎碎，是

一队小虫抱着她，

啃空她的背面，她的中央，她的体积。

2015

一九二八年在莫斯科

一夜强光紧，

万里家山暗。

国香碾四夷，

心物两问天。

2015

君王

君王是无上的
因此臣与民只能分享一部分
他的暴烈，他的善良，他的言与行
他像一个爸爸照顾他的人民
摧残他的人民
死去那天
乡里老农也在祠堂前哀嚎
少女与少妇也把白花默默戴起

君王之后
子一代孙一代在地形图上各占山头
见招拆招，掣肘抢穴
王国依旧是王国，庙堂更是武林
好学的人民都是高手，集体归隐
时而关键
时而轻松观看，略作评价
君亡故了，他的人民长大了

2011

街道上

走在被争抢的街道上

旁边是独占的土地和空气

所有的青年人都廉价地聚会

所有上年纪的人都用心养寿命

这座城，到处都有

城市里男男女女，忙碌着寻求财富

包括出生在五七干校的他

包括她长大在三线工厂

这些名字现在有了牧歌风味

人们快速地升降沉淀

杯中可乐滋滋旋回瓶内

走过当时的街道，还握着一张白色的传单

2010

关于女权

他为了追求我，

给我讲了不少艳遇，

搞得我觉得他不尊重女性。

他坐在我身后，

花了大把大把时间声情并茂，

我困顿的眼睛，

想把他立后，再废了。

她看了好几篇理论文章，

想不清男权更坏还是资本主义，

刚发现外科的导师们亮出告示：不收女学生！

又听说结婚能更快积累财富。

她的脸蛋和身体在镜子里，天天含苞欲坠，

这打游击的人间的真相，

她竟有高贵的意愿。

1948 年的文件上说：

妇女逐渐做到在经济上独立不依靠别人，

才会被公婆丈夫和社会上敬重，
才会更增加家庭的和睦与团结。
谁能比这更洞见着，为家赚钱、购房或投资，
是当代生活的本质，而永远青年，
是经济与政治逻辑的宿敌。

她们望住丈夫好似望神，
忠勇得，在哮天。
这妻性啊，根本是人性的奇迹，
想要的是男人，不放过的总是同性，
想要的欲望，吊在半空里。
而正告别二十几的，还在浪里，
还在，佳人伴醉索人扶。

一个回避私有制的婚姻，
正匹配她善良享用物质世界的天然。
她总结出小家庭是最小的利益集团，
这样的家里，理性和激情
都渺茫得可怜，收益只能让人瞧不起。
她站在红军山上，看天地辽阔，却
猛地领悟到客观来讲独立是比较辛苦的。

2015

山花总烂漫

山花总烂漫，
人总难烂漫。
我愿学爱人，
止步妄想前。
科学不自由，
道理不自由。
语言涨坠落，
红尘比金坚。

2014

感时

那些要求平静且生长勇敢灵魂的意见总是不错的，

那些提醒着一切人谨记躬身自问的，我也很赞成，

但我总不怀好意揣测反思者，

猜这或许就是反思，反反思，反反反思。

因此我格外注意一些讽刺的话，

民主小仙女，两个宇宙并行者，谩骂者。

过节似的网民，或者逼问着：

你了解么了解么了解么。

似乎真的很难在其中拨出正反，

就像对着黑夜失眠的天空揣测人们的未来，

但我想在这局限中即便是过家家地凑着发言也不至可恶，

其实更多年轻的人只为吃喝与星座沸腾。

抽象的爱与现实的人情世故总难匹配，

管理人间的一言一行，不早已荒谬么。

完善制度？呵呵，这首诗也在这里卡壳了，

那应该去做的，也许在思虑中已经消失，一刹那。

2011

蔑视

已被现代主义洗礼得体无完肤。

重估价值，重估着均匀分布在时空的道德。

学别人的惊人的见解。

学那些一知半解朝暮即死的认识。

学把天然的身体和灵魂不节约地实验。

学胆小的言传者心慌拖拉犹疑着发出的壮语。

学舌尖上的方向。

学极其败坏败坏得摄人的嘴巴。

学美妙的新伦理。

学解散的新道德。

学在视觉材料里分析自我。

学在身体上实现社会理想。

学在骇人的意见里体会虚无。

学在交易的实践中分析高贵。

学崩溃的自我修养。

2015

站在这片海边

给 GHG

我站在这片海边

斜坡上缓慢地长着矢车菊

这个黄昏

大海和青天在他们年轻的身体里膨胀

在这片海边，没有星火

涛浪也不暴虐

整夜的温柔整夜的松散

但情感似天的手，攥紧我，让我昏厥

那是一块铁青的大海

一万株矢车菊热烈弹跳

他们每一颗都是真的

他们不变形也不辩证

赤道晒熟了海水晒烫了我

北边的祖国正举行盛大婚礼

直到今天我才明白

心的献身打开了世上的门

2010

乡间一日

乡间一日，自然吹遍我，

头发、脚趾和神魂不清的心事。

若小十岁，我也许彻底爱它，

就像初至热带，

在红土上的黄毛虫里发现迁徙的迷人，

在含羞草闭合的世界里感受到新世界敞开。

而现在，我努力拿起相机，

不是 iPhone、iPad、iPod，

拍摄花鸟鱼虫们之于我可有可无的样子。

我感到无趣，只觉能借机晒晒太阳，

也是为了心里一条养生谱。

不远处，丈夫妻子带着几个大小孩子，

在整齐的土地上进行园艺劳作，

给不同种类的土豆与辣椒挂牌标签。

还有些小家庭，各自草地野餐，

把家的单位与结构晒得清楚。

我愈发无聊，琢磨心事，

怎么发文章，怎样设计未来。

和我相似的，是一个印度老头，
辛苦避开真的真善美的西方社区，
他找个角落吧嗒吧嗒抽烟：
“孩子也太多了，太美好了。”
我点点头，再强举起相机，
认真对焦，发出些声音，
拍摄令人焦虑的可有可无。

2014

美国草坪

来这里五个月时，我发现
最多的风景其实是草坪
宽阔地，疲惫地延伸着
没有起伏的地理
看不见高高低低的过去和未来
人们走在二维的草坪上
太多风景，太少主体，谈不上享受

每隔几天会有人驾驶机器剃过草坪
这定期编辑景观的劳动
像它的轰鸣声一样，有着单调的工具感
给这草坪民族属性：工作是工作
为了那甜甜圈和白砂糖的家
剃过后剩的，是监狱的尺寸
门廊、视野、呼吸和动的范围

割下来的青草和蒲公英的头
腐烂在监狱里，连同松鼠和雀的尸体

汽车注意不到，路人也已习惯
他们无论冬夏都在草坪世界里奔跑
吃大把青草，追求劳损的健康
把溢满油脂粒疙疙瘩瘩的
白色身体，跑得涨红

优美的草坪会平淡处理
那些在我的经验里让人留神的死亡场景
一阵烈阳，一场风雨而已
动物和植物的尸体
与旁边教堂一同
被六月闪光温热的草坪整齐托起
等待那漫长的生命的腐朽，也是无聊

2015

农垦农场三日记

仿丁玲的《三日杂记》

我们乘坐一辆很长的巴士沿着黑龙江往田野里开，
夹路一直有整齐的树，路过路的也有天上看到的，
你不会相信，地球这一块完善了。
来接车的杨师傅把农场介绍得很亲切，
也始终没给我们更熟悉的从苦到幸福的故事，
看来，这里从一开始就是纯粹的福地。

和地形融在一起的粮食，从汽车铁皮外漫开，
让年轻的湖南人震惊，
也让年轻的中原人着迷。
我们当真不了解我们的国土的万端啊，
这让我们对历史开口，
对身临之景闭上了嘴。

从大门到大路到大广场的农垦城美学，
回溯了往昔就是来日。夜里，
我独自出门在辉煌大道上来回走几遍，

一切在黑色夜空下平均感怀着生养之息，
东北女人挎上她的哥儿姐儿们，
过起了八百个愉快夜晚之一。

翻过一片粮食山就跨进了访古，
农业和革命史让我们出现了剧烈的审美上的倾倒。
走完几分钟大白杨和染手的秾丽，
撩见高密度鸡舍，黄昏向白石灰发生倾斜，
阳光淌了五十几年，一朝托出。
你从欧洲流行来，来把我们弱小的身板搂踏实了。

再过去千顷，是共青农场。
杨师傅一路在用“我们”开头说句子，
这词平日里用来保卫家庭，今天是见了阳光了。
我心神摇曳灵魂出窍地晃荡在土地上的人群里：
你姓名如此浪漫，那就请亲爱的，
亲爱的吻别我们，祝福我们一路平安吧。

2015

乌托邦

从事农业活动以来，

渐渐发现，单讲农耕的

种植、管理与收获

并不是现代经济社会的小心翼翼

与斤斤计较。农业，

生和死都茁壮，不伤感，

不精确，不是笼罩小资产阶级的环保与节约。

也可以将之与所谓前现代的

人的集体无名，和个体不值钱联系。

个体值不值钱这事，

显然已是现代生活的基本账。

一家一个娃，一个萝卜一个坑，

必须不浪费，

自我管理要讲经济与效率。

但农业的效率其实出乎意料的高，

我被关于土地落后和贫瘠的概念
教育了几十年。讲起来，
不乏着急和苦干迎上的心情。
然而，农耕的力量
如自然科学一样坚固，
比社会科学更放松，劳动更随意。

蔓延的根系与分支，不留意就泛滥，
一朵花开败，一串果实就红透了，
果实结得比人生的机遇不知多几倍。
我想到工人阶级形成之前的农村时光，
自然辽阔，不乏闲情逸致。
而从农田走进工厂，
才真的关上了向外的门。

今天，我站在满地掉落果实的初秋，
对丰收的场景有些伤感。
但真正的农耕心情，大概绝不在意它们落地腐烂。
这有什么呢，枝头上的生命力
超出我教养的预设，太多了。
也因此，我对书上许诺的

教训了创造性毁灭后的农业生活，充满了狂欢心思。

2014

注：我在印第安纳圣母大学附近生活的社区，是一个有乌托邦气氛的空间。当然它与所在的破落城市是相对隔绝的，它也需要这个私立大学成功的金融投资维持运行。因这个社区太久不盈利，学校准备 2018 年之前把它拆掉。

嘘

在回忆高棉旅程时，最先被唤起的竟是柬埔寨的夜店。
中国青年全场最 high
大方付出美金，大方引诱金发男女。
夜店外聚集着柬国青年，
争夺着把畅快了的外国人送回旅店，
坑蒙诈骗，US dollar 是他们的畅快。

这座小城，
最好的土地是
旅店、按摩院、饭店和酒吧，
我溜达在这穿街的河畔上，
即不能敞开心营造异国风情，
也想不起诅咒它的不争气。

旅游区贩卖红色高棉的一些事。
我们和他们的一些秘史，
似乎永远不能被观众遗忘，
被写成书，被处理成学术，

据言还有可能改建为主题乐园。

主题乐园啊！主角们昏昏然茫无涯际。

坐在车上，我路过当地人们的贫苦生活。

我当然不认为棚户生活有独特的乐。

我努力思索着不平等的根源。

我走近他们，一个六七岁的小女孩回应了我，

希望我与她的蛇共舞，

用中文向我要一元美金。

啊，不要说了罢，

1930 年代左翼画的大问号直到今天，

我怅然若失感觉到大雨正倾盆下落，

坐在突突前行的三轮车上

黑夜里，

车棚的灯只照清片大的地方。

2011

永夏

我住的九层楼下，一共有七种十五家小店。

两个是大排档，蜂巢般排列着各种摊位，

昼夜卖热带米粉、油炸豆腐、咖啡加蜂蜜。

肥胖痴呆家族的三两成员坐着轮椅，天天在此观看往来的人，

没人说话没有交流，谁都绕开他们，因为四溢着的轻微臭气。

杂货铺有两个，老且古董的太婆太爷放闽南歌，收着钱。

洗洁剂、消毒液、杀蟑螂蚂蚁的褐色药水，陈列在大货架上直
　到天花板。

在这植物冲天，动物茂盛繁殖的气候里，

氯气就是人间的味道。

一眼一嗅即可辨识的，有印度人的小理发店。

发油香，伙计黑亮年轻，坐在门口发呆望天，

招贴画贴在透明玻璃上，光头的南亚大汉已经少了色。

还有一家中药铺，柜台摆着大瓶西洋参切片和天麻粉。

老板售卖各种虫子尸体，三天开门四天歇业。

一个私人诊所，卷帘门似乎总是拉着，

偶尔开时，坐在屋里长凳上的人都瞪着大大的眼白。

最勤劳是金纸铺的生意，纸糊的 iPad、iPhone 摆了一地，

几对碎花镶金边的硬纸胸罩，挂在墙边随风哗哗作响。

频繁的祭祀，拥挤的空间。

晚上回家路中，火星和灰烬顺空气正上楼梯。

白天走出这条街，永远是遮不住的太阳，

树叶在阳光下发亮，变得更亮，

鸽子爬满了树荫。

夜里从楼上望下，街道是暗红色，

反映不出白天的漫长，也不预告外太空在干嘛。

有时路过那些店铺，有时从楼上望住它们。

长夏永恒，偶尔似乎目睹着帝国版图正在崛起，

偶尔不知日日夜夜能托付些什么。

2012

赤道

只有带着足够的历史感才能起兴
所以在罗马、在莫斯科、在纽约、在台北
人多感慨，灵魂也敏感，无数瞬间通体发颤
还是更在乎欺负了自己的人
文明确实有高下，我也想节省生命，心里只装高端知识
而此刻，眼前风吹过树冠，阴影向远处流淌

我在的位置，一棵花岗岩杵在深蓝色的海里，高百丈
巨大的凤凰木从岩缝里生长出来，火色红花照耀
靠在岩下浅滩边的人们，唯有扭曲颈椎才望得到它
神色慢慢变成恐惧，透过花的阳光使人站不稳
左边是百年风吃洞穴密布不会哭泣的石头
右边的深海，少年嚎叫着跃入，出水时船已经被吹远了

飞机爬离爪哇岛时，我觉得它在奔命
大片的树覆盖黑色皮肤的人群
直到现在，他们都更适合出现在自然探险的节目
与巫术合体，把日本人和白人带进蛇窝

太阳在我身边起来又落下，涂料旧了，人流汗喘气
植物太多了，又太大了，城市和人都被紧裹着

城里，大雨下了一昼夜，楼梯变成瀑布，空气里注水，灌满肺
小孩被冲倒，老鼠在积水里昂头求生
一个女人把着儿子拉屎撒尿
另一个女人淌着水惊恐要避开老鼠和小孩屎尿
黄灯摇晃，树枝满地，我推着车赶着路要离开
从身后赶来的手，捏了一把裙下屁股就逃了，人手很温暖

大自然过于恐怖，带着气血蒸腾的味道
巨型闪电裂在半边黑色天上，一只大蛛网
高楼的落地窗前目睹暴雨倾城
广告铁皮被吹翻，Gucci 砸坏路过的银车
五彩雷光把只穿红色内裤的裸身男模，映成死去的雕像
我看着城市灯光变暗，街道变得空旷，湿气从地底长大

成片的湿地，浑浊的河水从公寓楼下流过
上班的路穿过蜥蜴群，它们晒着太阳，看猴子飞过
而苍蝇萦在腐臭大嘴和被高跟鞋衬得纤细而白的脚踝之间
我正在雨后树林间的小道上赶路，一切都在蒸发
热得不像样，头发勒住脖子，皮肤泄气

没有发动机，处处是神

吹多了海风人会中风，夹着无可奈何必然得腐朽
沿北纬 13 度的公路开车，水汽把景观蒸变形了
白色水牛好像天降之神，异种人伫立在混沌河水里
一动不动向遗迹祈祷，而遗迹已经被用肺生活的植物毁灭了
就像我看着的这个城市，温湿植物重组一切
人吐出每一口气给它们，带着最大的恐怖，看万物下凡

2012

给海子

这些天我在问我我也想问你
为什么你在诗里写到那么多的葬送
就好像只有那些终极才是你的疑惑
就好像尘世的困境你竟无须管理

你不顾禁忌一次次置自己于边境
让我也不时心突突大跳
然而你要面朝大海去当王
偌大的社会与伦理的版图，谁来说

今晚我才听建材市场的小老板说要发展自己贡献社会
整个祖国被拔地而起的小区覆盖
“小区”，你听说过么？我觉得他们表达了正面的生活
而你更像一个精神科的医师

精神科医师，你见过四世同堂妻和子顺的诗人么
还是你光顾着去伸张发达与自由的内心
我其实已经被你迷住了，情深意切，不抱怨不讽刺

但生活有那么多实与虚的障

2011

NEW AGE

她从织机、从织机前站起来

她从深巷汽车灯影里站起来

她在顶天立地的大楼前看到

广告中的新娘缓慢掀开红布

她在 ATM 机前转账，ATM 机遍地盛开

她坐在沙发里五个小时

银色红色蓝色黄色的光粒瞄在她胸口

她站起来，桌上的纸四处乱飞

灯倒了，电脑主板烧坏了

头发三天没洗了，衣服不是纯棉，起毛球了

她站起来，镜子的裂缝往四方纵横

她默默地念，让生生，让死死吧

2010

冬日午后客厅

坐在沙发上，怀里抱着一双腿脚。
我认真摸过整齐的丛林，和
积雪般的脚背，在小被子的覆盖下
阵阵暖气热浪，熏得游人虚无。

谁的腿曾允许这样搭放？
放眼是冬天阳台阴阳永隔的日光，
干枯植物拽着纪录美学笔记的本子，
哗啦啦。他们无一例外睡得好。

想象安全着陆一万遍，
从好学生，到好人，到好好好，
你好吗？你好吗？不好，接着我么？

安全是多么自我循环的概念。
从天真到经验，怎会是堕落？
我高涨的体察的热烈。

2014

一个声名狼藉的下午

啪嗒。

电热水壶底座的灯红了

一些气泡很快冒了上来。

蒸汽在飞。水从细小波动变成咆哮。

一只手把水倒在咖啡杯里

杯壁上氤氲了，水汽缭绕着。

两枚有点耍狠的眼珠看着互溶的水和咖啡

葱白样的手指，受了伤似地

捂在温热上。

下午的天气其实有些热。

咽下苦水，主人沉在沙发里。

如果这时候有好心的人偷看

会瞅见一副痞子的神情。

反复重申我的罪，是我来判

舆论给的罚……他掸了掸灰。

去便利店的路上，阳光分外公正

因此便利店的胖女人

竟然好像马上就能认出他。

破烂的眼神，他望向其他人

陌生人，哦，陌生人是最善良的人。

有人拍了他，是熟人，知己知彼

好心地秀出关怀。

“对”，他再次流氓地硬着头皮顶住。

忽然想到一个词呈现自己：hardcore。

hardcore，一个姑娘路过他

她笑了一秒。

啊，一闪而过。他温柔下来。

捂住褐色的下体，味道塞住大脑……

他混响着，打开白色的牛奶

一群群蚂蚁

正从神圣的颜色里，疯狂爬出。

2011

酒店里

坐在快捷酒店的硬沙发上
两米前是电视机
正在讲人死了或猪死了
空调没开，风扇在最小档晃悠
吹不得风的身体，像个隐喻
又风雅又不吉利
但其实不过是心头的尘埃
有个少年一边煮方便面一边洗衣服
塑料味夹着酱料搂着防腐剂
填着电视机，怎么这么香？
生命力慢慢回来，跟化妆一样快
头发从僵尸变成风之花
很快又享受一切
性格随和，与谁都搞好关系
那时快捷酒店的沙发上
竟然没有崩溃
也缓慢发现有禁忌之美

2013

苏氏夫妇的婚姻

后世的人推测不到一百年前的
情感风俗时，大约会想得
过于保守或放荡得令人羡慕。
但其实就像那些超越历史的

小说的开篇：从前，张掖省
有一个风骚的娘们儿
和她同样风骚的年长老公……
风俗故事往往轮回重演。

他们住在张掖省张掖县一栋漂亮房子里。
在新文化感染下，拥有全县瞩目的新观念。
一个秋冬之夜，夫妇俩在神坛前盟下一夫一妻的誓，
共享金钱、田产和对能支配者的支配权。

苏夫人拥有谈话的才华，
她爱好创作和卖弄风情，是地方精英圈的一面旗帜。
苏老爷欣赏妻子的人见人爱，

自然也欣赏县里其他漂亮女人。

但他始终把妻子挂在嘴边，
仿佛两人乃一体联盟。
这一方面引来同龄男性带有嫉妒的怜悯，
另一方面保证了苏氏夫妇在全县光彩夺目。

他们的卧室里，
挂着两个词汇的四个大字，
那是哀莫大于心死的张公子，
离乡远走京城时留给苏夫人的——

“团结”！“互助”！
记载了张公子用学识和理想争取爱情的失败，
也让苏夫人回忆着张公子学生装下娇躯动人，
让苏老爷细细琢磨其中的爱情策略。

这时的苏老爷正和县里一品斋的妻子热络，
女人隔三差五来送文房四宝，
与苏老爷就睡到了一起。
而苏夫人，

迷上青年农民健康有力的形体，
她觉得，小伙子很像
她有时喝的西洋咖啡，
肤色就是一剂提神良药。

他们彼此显然是了解家庭的处境的，
一些新派朋友抨击这是道德败坏，
一些旧派朋友抨击这也是道德败坏。
但苏氏夫妇倾向将之解释为高贵的存在。

可是，当苏老爷目睹浓眉大眼的小伙子溜进厢房时，
他开始坐立不安。
月光下小伙子裸露的肌肉群，
蹂躏他柔弱的心脏。

苏老爷要除掉拥有劳动体格的青年。
苏夫人得知消息，心生一计，
即能像保存腌菜那样保证小伙子的忠心，
又能缓解自己又亲切又好笑，丈夫的妒火。

她在一个晚上灌醉小伙儿，
让拿了钱的小妓女爬上他的床。

小伙儿再起床时已经成为对爱情不忠的男人，
沮丧回到农村，等待爱情原谅。

妻子含泪对丈夫说：
你看最终我分得清内外，尊重我们的婚姻。
丈夫被妻子的修辞感染，一同流下眼泪。
那天夜里，两人叙话一宿，有无尽的倾诉。

因此，当一品斋的妻子，怀着苏老爷的孩子
找上门来，要打闹出一个结果时，
苏夫人和苏老爷一面客气接待，
一面共同指责怀孕的女人

败坏了县里的好风俗。
这番叙事从精英圈传遍市井乡民：
一个妻子成了破鞋，
一个妻子愈发高贵。

之后的一段日子，苏氏夫妇常发表恩爱有加的演说。
全县的人都传颂这爱情与婚姻，
对包揽三妻四妾的制度，
渐觉落后。

故事到此未全结束。

好小伙和小妓女当真有了爱情。

他有意一生劳动，她有意从良跟他一生劳动。

苏夫人想起此事，略有心烦。

于是在省里兵团来征兵的时候，

鼓捣她的知心人儿苏老爷

向团长推荐小伙儿，

第二天就看着他咖啡色的皮肤消失在开拔的大道上。

她舒了一口气，

给苏老爷烫上一壶酒，

两人面对面

讨论他们一夫一妻美好的婚姻。

2013

5 号楼 2 单元 603

相亲相爱的家庭都是一样的
每天在黑洞般张力里撕扯的家
各有各的物竞天择，洗练锻造
有什么理由一夫一妻一生一世
比仇人更厌烦彼此，却还得在
面糊的温情里哇哇流泪
所以相亲相爱的别自以有福了
鼻涕幽灵一样无处不在
关系鬼一样出其不意，把人打倒
私有制心灵的关怀
我访问霸道的他们，答案令我感动
为爱、怕老、共守财富
感动之余，无限恶心
亲爱的，以前我说错了
我们之间最好的组合方式是不在一起
我希望一生不够了解却要赞美你
论说起动物需求和思想互助
红尘里挺立着多少主体

天下哪止一个知己

你哪止你此刻想象的样子

空想或科学，人生

得把力量的锦罗绸缎穿起来

2013

怀念家

在二十八岁的时候创生出

一双子女吧！这几乎是对

二零一零年城市女性生活的累累硕果

最无可非议的表达。

然而，亲密的朋友认真说出：

不孝有三，读博为大。

无论男女，似是都怀有未来病。

家庭是一个太神秘的词，

家里人三位一体的轮回兑换

在小河堰塞处互相围堵。

别以为只有一百年前，

青年人才在酒馆里密谋社会，

也别以为他们病容中带的是爱心，

铁摩托飞驰，或许都是丧心病狂的。

2010

外公

外公，十八年后我妈再说起你时
我已经有能力去想象一个高级干部了
或许某些画面掺杂着其他老干部的模样
蓝褂、茶缸、抽烟、打猎、一口山东话

人们偶尔会说，你当时去开辟深圳
几门子孙都将命运不同，但他们也就是说说
心里想的还是你过早死了
未享近二十年的繁华

但我总觉，如果你是老了而不是死了
每次大规模的家庭聚会，大约有更多争吵
毕竟人人都有政治和历史判断
即来自过去，更要符合现在的经济实力

你大概也说我不务正业，而我默念你罩着我就好
我一定会陪你见其他老干部爷爷
在过去呆的过久，你们是不是会对 2012 愤世嫉俗

还是只忙着瞧病抓药，孤独看电视

其实每当我听家族成员遗憾地
因为你的能耐，我现在在十几个省都有亲戚
遗憾地说你爱吃海鲜，而现在全中国任何地方都能捧出大蟹脚
我都有些凄凉感

我也没什么话要说
我今天一天看雨下云散阳光普照，然后填表上课写论文
我安慰不了你
但我想好好安慰你

2012

琵琶骨

“到深圳了，一起吃饭吧，想你”
她想了又想，决意深情
等了八小时，“一定有时间的，再约”
像一匹家畜
她再次下决定要稳住
无奈心上吹过荒音
吃一粒安定好睡觉
喝一杯咖啡叫人醒

她称他为一朵大人参
寓意是在这全球化的时代
你我圣塔芭芭拉生爱
不必上海仍保持联系
滋养过一段经验
就算对得起自己
只不过事后还要照顾子宫
回想时也心绞痛

俊俏的小子迷人却危险
这世界终究靠安全套路走
她偎依在形象模糊的男友身边
计算他可能安保的公务员未来
就像赛马，得说服自己
只是当俊俏小子们走过
架不住习性
柔媚要撩人

她满意地把前男友们分列在十二宫
一会儿用社会学，一会儿用玄学
最终医学和长大成人生了悖论
他们有些叫她生了嫉妒
有些叫她不要欺负另外的她
恩怨终都成了收藏品
她此时偶尔把玩，只为调正心灵
把私生活压抑在私生活里

2012

妹妹，今天你出嫁

有一个看似冬天的夏天，

我们穿过公园要去上街。

公园的长椅上躺着群众之一的老头，

他流出些臭气。

我看着被西式植物与剪裁打理的环境，

幻想相称的应该是一个哈代：

很有尊严，

穿着高级呢子大衣。

我们晃进 Francfranc，

设想 50 新币一只的高脚杯象征未来日子。

它纸般轻薄，和质地确实优秀的沙发

规格随便一梦的梦想。

然后，在 YAMADAYA

有一吨色彩的彩色婚纱重磅袭来，

我们刷了卡，轻盈地把它买下来。

终于，今天可以穿上。

穿着这样的婚纱，
迈过四线城市塑料装修的酒店，
表演各种游戏和感恩的心，
望着各桌陌生的中老年。

口音在天上飞，伴着
宋祖英在喇叭里唱今天是个好日子，
什么时刻，色情意味的游戏把鸡蛋碎了，
蛋黄流在婚纱胸口，像在说，过日子吧。

我焦虑地感到尴尬，
虽然有亲戚一直说教群众路线
(亲戚是我们身边最有战斗性的群众)，
但妹妹，你要生气，是太应该了。

但妹妹，你就是转个身进酒店仓库，在破烂纸壳间
脱了 YAMADAYA，换上红色合身的短旗袍，
举杯啤酒一阵应酬，妥恰地
似是群众中的一颗大宝石。

2012

与阿朱离别前夜

过于感伤的眼泪跳上花枝，也不是假的。
都是独生女儿，第一次验孕，
一百次恐惧，泰山影子笼罩的七情六欲。

试不出经验和对错的差别，梦见南柯记。
城里光影羊水似的，一大堆爱情之类，
聊胜于无，安慰家中大片空白。

钢铁大鸟降落在黑暗的北京首都机场，
然后什么路带人涌向下一阶段。
太平洋和印度洋交界的地方，灯照一屋难分日夜，
咱们说普通话的孩子，生有不少既定法则。

从昨天到今夜过了有两年，但愿有定论。
觉得吵闹吧，觉得心里有数吧，
上帝一声响："你"，抖掉一身自信，
舔着问题重重的人性，走钢丝。

2012

月出

风神走过城市，

看他一张沟壑的脸，

像是清晨从少妇床上冲出来的年轻人，

忽然出神了，

望住阴云和臭水塘，

伤感性爱伤害了自己。

热战过去了，

冷战也过去了，

一切都会过去。

她蹲在冬天阳光的角落里，

挑着一盆进口草莓，

年轻又马虎，

对冷热战各种一知半解坚定她要糊涂避难。

退休后的人们腾出更多抽屉与纸盒放药

对饮食更加重视，

但愿唯一的小孩迅速合法地生出两个孩子，

似乎它们已经在焦急比较的内心里生长起来，
而这更关系到怎么总结自己的命。

八九十年代之交的少女可以嫁给六七十年代的人，
当然也可以不嫁，认识认识就行了，
好多时光给了 bbc，hbo，fox，金色的二十一世纪，
年长者感觉她们是侏儒与生活经验不合者，
而她们也还未发现是否有安抚所有人心思的月光，
在这城中沟壑升起。

2012

情诗的下场

一首情诗的下场，
最好是感到，那是幸运有限的梦，
不是现实，不是伸手够得着的一身白肉。
因此，是梦不是梦，都潇洒去改正。

她正是拥有这样的天赋，
飞巴黎，飞南洋，飞京都，
在佛罗伦萨街头吃牛肚包，在旧金山大咽酒吧，
消费一切可购的美、发明、技术和自我判断。

唯独爱情，无市场提供，难免老让她回忆，
但她刚剪短又染红了头发，怎能容忍怨恨两个字，
而化妆就是修辞，修辞了她日日维新的世界。
她决意再不写一首哀情诗，要写就写让别人羡慕得要死的春风得意。

她在金融世界的平滑线条上，放纵矫情，
信望爱暂时隐藏于年薪下。她形容他们是人参，

我知道这其实是要别人羡慕得要死的形容。但比较故意的
　假装，
真让她无法忍受的，是那哀伤又坍塌的情人絮语。

2014

她悲伤地感到美好生活正在涌来

抑郁症的时代来了。
秘闻架着自尊、执念和认真
搅动神经元和肉心，天玄地黄。
网上流传着，有了塞乐特，好似活神仙。

都是曾经的优等生，
知识是护身法宝，前途不需泥泞，
但终有一天疑惑了，
知道就是将错就错，沧海上一段原木。

抑郁症发炎般在城中绽放。
人们亲手砌起自己的命门，
夜深人静时，向谁问祷，
是不是人间的血统害了病。

不断失贞的少女只能自我谴责，
过日子的手册在哪里，哦，还有风险控制。
她悲伤地感到美好生活正在涌来，

捋开芳草，要她顺从。

2010

八个月

去年七月时，我乘车去看一个将要承租的房屋，
坐错了车，遇到某位黝黑的新加坡男人愿带我前往。
他说“我的朋友也住在这里”，远处就走来一个白肤的东北女人，
他把一包剥好的黄色榴莲，拿给她。
今天清早，天像水泥一样，我追赶不上公共巴士，
呆坐在车站上。我又看见了他们，
黝黑的新加坡男人和白肤的东北女人，他给了她两只香蕉。
他笑笑向我点头，穿过黑发的手摸着她白脂一样的后脖颈。

将近一年，他们的感情还在，越来越好了么？
而我正要从房屋搬走，第五次在城中迁徙。
这八个月，反革命看起来像革命，我浪费生命般看了些电影和论文，
日本缅甸都在地震，但也许 2012 跟 2002 也差不多。
冬天时我买了一对戒指，我遇到许多人，
应该念念不忘的却想不起来，
世界每天都说了太多的话，

我想用手刨出一方沃土，常常羡慕郭沫若。

春天总是分手的季节。有人飞机启程，有人短信告吹，
有人再度迁徙，热的城里有歌唱到，同有情人做快乐事。
这八个月，一个朋友热切关注国际大势，
一个师长一升再升，一个姐妹和乱生活高潮迭起，
另外一个在上海老气横秋地说自己伤痕累累。
躺在海边夜里三点，我忽然觉得人生怎么教怎么学，
八个月过去了，
人生怎么教怎么学。

2011

个人主义的秋天

从北京出发的车，穿刺时空的机器，我被迫加倍体会临行的忧闷。

具体生活被丢在南方大陆，时而振奋做出计划，时而翻出一片准确的地方性记忆。

这些严肃的自我要求的产物。

为什么，想到就能做到。

随车轮滚动逐渐流失的是对生命力的相信。

白色日光掠过刷了清漆的自然，泥路破烂，下起雪粒子。

真的自然，我没有方法把握，

我一切科学的人文的知识，在颓废，

我无法在自恋和失语之间，选前一个。

人越活越匮乏，一无所知。

2015

给 Gmail 的情诗

像倒悬的碎镜子，数一封封的信不变旧也不变色
偶尔照出挂着豆大眼泪，一生耗成绯闻形象迷离
平行的人爱的虫洞服务器在左心室，付一瓢沃土
收一粒米壳，抒情踏空公事珍贵哪个架得起芳心

2012

一日醒来

一日醒来，倒在窗前，
张开身子晒一晒已经飘散的绿毛。
灰松鼠从一棵墨绿色的椰子树窜向另一棵树，
墨绿色的深处，太阳像一只没有狂喜的手，捏着我。

好天气让人想到爱情，他说。
木地板的尽头大朵向日葵，盛开却写不进来，
我抚摸着腹股沟，伸手试了试心脏，
看到有鸟正叫着飞过。

2008

一个孩子

一个孩子他二十来岁，

他在艰难的时刻问天问未来

但不知道能问一问谁。

这个孩子他聪明但柔弱，

他在夜里走，他也盼望此时是一个人。

他心里揣着父亲母亲与朋友，

想起他们似乎情绪发生了大波动。

但他克制了，他愿一个人打盏灯、走路，

他不愿意看自己如何演出了不正确，

他不愿意情太多太刺激。

这个孩子是胆小的吧，

他想到了 70 年前大战中的青年们，

他从未这么激灵地感觉到集体主义的安全感。

而他，现在却一个人

问天问未来，但不知道能问问谁。

他长大了也终是个孩子，

他试图模仿谁，但也不是。

他一个人走在路上，胆小又柔弱，

但他觉得一个人其实已是最好，

他害怕太多情太刺激。

2011

你热爱伟大的生活

你热爱伟大的生活

你不想写哀伤的句子

更想不起费心眼儿地造词

你热爱伟大的生活

这生活只在高潮迭起的祖国

和她高潮迭起澎湃的民心

在这渐深渐沉的夜里

庶民忙碌着经营自己的巢穴

他们看不到坍塌的是什么

劳心者却能看到

他先他们一步

神经又狂欢又衰弱

你热爱伟大的生活

他作践着人心，又捧着它

他不给前生不给来世

你只能热情地爱他

像小鸟振翅拍打地球

像暴雨落下，人间的婚礼

2011

一个一般的晚上

一个一般的晚上
第五次修改完论文的章节设计
我拎包上了回家的车
停车的地方是一个排档中心
因为饿了也因为无事
我就点了一份炒粿条要打包回家

坐在红色的桌子边
旁边的马路也是五颜六色的
公共喇叭细细传出老歌的调子
有点像花好月圆
但也有些闽南语歌曲的风格
也许是惜别的海岸

在我附近的
有一对印度大汉，光头黑壮
脸上有些微笑，手边摆着八九只翠绿的啤酒瓶子
他们旁边是一对年轻男孩，黑瘦金毛

大概是廉价时髦的马来人
也是刚到，点了跟我一样的炒粿条

独自一人的一个老伯，华人，在我眼睛对面
他正把玻璃瓶中的啤酒倒进透明杯子
咕咚咕咚……一小半的金黄，几近香槟
另一大半是奶油一样的泡沫，厚厚的，稠稠的
他贪心，连喝好几口，酒就只剩了一层
盯着他，我忽然也好想喝一小口

粿条炒好了，中年老板热情帮我包好
小姐，两块半，
我递钱过去，他笑着谢谢
好心得让我觉得他一定叫阿炳之类
拎着食物，我也就离开了这片刻流连之所
但刹那竟有些脆弱：这就是美好生活么，这怎么会就是美好生活呢

2011

爱战

我说服他，跟我一起走。

把暖气微弱的出租屋，

扔回给北京。

天空灰红不明，滴着鼻涕，

斜视的眼睛看我们是不是足够团结。

他放映一段琐事。

伴我一程，把同样的身心迁徙到南方。

天溜达着，更迭城市布景。

拉客的鸭仔拉不动黯淡，

卖芒果的穷人，卖不进他心里。

我劝我的机器，更换品格，

兼容我们的世界。你看今天

一路有冻死骨，明天宝马撞上龙马。

我却拗住身体，滥情，就自责，

五官放达，没爱欲，没震惊。

我递了个笑话，是说：
“提高人格，提高生产力”这么个标语，
是挺好笑的，当我们一起看到
长江倒影着炮火向下流漂，无动于衷地
说了好故事，似独自一场战役。

看电影比看葬礼更感动，奇怪么？
他舔着我的形象，使一把凿子
以为是战士么，要向这空城投弹？
“孤单一个的婚姻，有我，你哪孤单”
在封锁中考十三经，茶泡饭的滋味。

这国家正驱赶我族人，不正当不正义。
但阶层呼扇呼扇地，送我们流连影院，
上身猛虎，惊喜、动容、又反省，
金融世界的巅端，他扼我双腕，
看到了么，一个人的震荡弦。

2012

泰国之行

84 年的绿皮火车，

坐在车窗上吹南来北往的风。

下一站停留在泰国，

被蒸湿了的马路。

少年介绍说我们主要靠旅游业。

遥远无人

城边的一条马路。那边

是喜马拉雅，这边是绿皮火车。

你把黑色小狗放在

上衣口袋，

我悄悄整理着逻辑，

悄悄挽住你柔软布料的左臂。

2006

我们本要一同

我们本要一同步入午后
开园松土
做一生的事

可你却嫁给了一匹影子
把香都带去了好远

思量了三千多个日子
哪有更千变万化比得过你

策马回还
是再要远行

挑眉皱额头
心就生了二意

再一次落座在视界里
新鲜有什么新鲜

创造有什么好创造

展开的青山

是我每一处都锻量过

2011

车中记趣

男的携了女的的包袱，

挽住肩膀，缓声催促，

上了去南的火车。

把纱窗别住

就是高矮的城，

一如眼的相顾，

便是暖日薰得山涧

起烟。

一个人打得开水，

另一个人用彼此打出的水

冲开一杯菊花。

嚼烂红茸

映上了衣衫

落下十二瓣花。

终于，这是第一次相依为命了。

分一碗面，

分一只蛋，分一颗眼睛。

挂住袖口。

就是一尺宽的床，

变换姿势，扭转方向，

或者两颗头的相撞，

也可以以腿为枕

就把话也说尽。

男的和女的也不知

浮生后的几记，

有没有那么琐细，

只是此刻都还

肌肤相触。

举首低头，

是为偶。

2007

下午茶

她轻快地走进咖啡馆，咖啡馆换了名字却没有换装修，
栗色的木桌，深红色的沙发，黑色天鹅绒的窗帘隔出重重阴影。
她款款坐定。惊讶于他目光未老，依然凌厉搜索着她身体的边界，
勾起的锁骨，白肉的小手，臀部的边缘只稍涨了两寸。
她深深吸气。那往日的欢愉啊。他的手指在长发间探寻，温情一夜未熄。
他举杯，她也举杯。红色的酒让她心跳如潮汐，一饮而尽的悲伤，
这咖啡馆的楼上就是酒店，现代的生活，那么多机会，要不要更热烈的展现？她已经做好了准备。
他畅谈着，而她已失神。他颈上的赘肉，那一只大鼻子……
她感觉到一阵大风。敞篷巴士的顶层，他抱着她以各种方法。肉的味道啊，大风吹，城市流着光的泪。
再次举杯。她已不胜酒力，
她忽然记起他们曾一起跳舞，她全裸的背，被遮住的月亮。
Every kiss，她用了一句英文，

Every kiss ...

最后，他们在咖啡馆门前道别。太阳照耀着她，

酒似未醒，人似难醒。她敞了敞胸怀，想抱住狮王的头。

2011

想

我坐在这边，你坐在那头，

十年在我们的话题中跳过山，顺河下。

他不在场，却惹人心忧，

挂念着哪一晚念到她在话里也有期待，

我们片刻回想起自己的情节，

兼又猜度对面的故事，一秒钟崩溃。

随后，佳肴美酿，

愈轻快，也愈迷人：

“他若是在场就好了，

玩玩我这离别才松释的骨骼”。

2012

十年

仿《古い日记》

十年前夏天，我们两个人，

随意相爱，随意搬家，

万柳再往西的一间公寓，

日夜日夜，时光颠倒不能疲惫。

彻夜游乐，彻夜吃喝，彻夜地说话，

谁也不提终身大事，

年轻得，大方得，无需这个话题。

没什么可珍惜，一切能挥霍，

轻易说狠话，轻易地分手，

在人们的劝说中变化心，

伤心后，换洗为常自由换洗。

不工作，不赚钱，没谁巴望着我们去养，

世界倏变，我们不知情地互相沉迷，

睡醒了搂着，搂着又睡着了。

十年前的北京，歌里唱

“我们心怀感激神秘地瞎了眼”，

太快了，又来不及了，你和我

心不在焉看一切被浪费。

2015

伤感过了头

那些雨下了又下，下了又下

从昨天夜里到今天夜里

但也变不成冰块变不成雪丝

气温好像恒定了一世纪，从来都是水

你在夜里现身了好几次

从湿气中把黛青色的脸露出来

像黑龙从古时候的地里舔了我的小腿

水把过去和自然冲上纸堆

我被日复一日冲进寒意的空调房

咻咻咻，不能感怀而孕变成伤感过了分

咻咻咻，怨不得震动不了，豪言不了，重不起来

语言把夜梦刷得更干净更清冷

见不到了玉茎擎空，在黑暗里如射手座

倒转寰宇圣殿雪藏是夜一床月光

2012

爱的浪潮

陟彼南山，言采其薇。未见君子，我心伤悲。亦既见止，亦既觏止，我心则夷。

——《诗经·草虫》

被问了一个问题，文学上的，也是爱情的。
我找了半天，只找到郭小川，莫名其妙，
但能表达一派高涨，艳阳普照的，最吉利。

渴望深情如大梦初醒或大限将至。
一脚踏空还是击中心脏还是纠缠与崩溃，
都是那么高级的爱的样式。

我害怕手心里攥不住的鱼，
太滑溜，五颜六色，其实是糖浆做的，
不过就是古往今来市井的风情画，
健康热烈，也把好多心酸和社会不公弄得面目不清。

但每一天，大浪起起落落，昼夜拆半又加倍，
下一次，却总掏得更深，涌得更高。

甚至对深情样式的向往，细若游丝，更被卷走，
消失的地方，色情也相思，解放之后，终究建设了我。

2014

新结婚的一对儿人

饭馆的门打开时，走进来手挽手
新结婚的一对儿人。女的抿嘴
把笑装饰上近日愈发撩人的姿色
男的拽着她像拽着匹栗色母马驹

我们这些做朋友的，此刻表示
恭祝，都是礼貌。暗里却
嚼着关于这婚姻的闲话
一定的啊，这年月谁敢说结婚好

热情的亲热，扛不住要费力解析爱情
把时光铺满的语言，是敌不过存在感的
很多妙语格言教人想象生活
而婚姻即使不违反，也阻碍了生活

有更自毁的一刻么
我们在他们脸上还看不到这经验之谈
他们甚至因此愚蠢得返老还童了

长不大的样子，让我们轻蔑坏了

我喜欢他就想与他结婚做他合情理的人
她脸蛋在他肩蹭了一下就高潮了一下
没有更好的了，风俗和激素
都肯定我们，天作之合就是这样

她让我们语塞。真得意哦
不过，总是女人连拉带拽阴谋了婚姻
我们望向他，他却转头回应亲昵
搂住烈发，狠狠把娇妻亲住

饭局的现代性基调怎可容纳如此老土的言行
可是不是怯场对着那均衡健壮的爱的情愿
怀疑主义调试我们遭遇稠如凝乳的现场
必须神经衰弱地想起人类荒谬的本质

这对儿新结婚的，被惋惜人之命运总摇落入尘网
浪漫也吞噬于说：我们永结同心
可他正民胞物与地攥她手在腹前
她涌进他胸怀里是真根正苗红的幸福

2015

图书在版编目(CIP)数据

走马灯/范雪 著. —上海:华东师范大学出版社,2017.9

ISBN 978-7-5675-5839-7

Ⅰ.①走… Ⅱ.①范… Ⅲ.①诗集—中国—当代 Ⅳ.①I227

中国版本图书馆 CIP 数据核字(2016)第 270387 号

华东师范大学出版社六点分社
企划人 倪为国

走马灯

著　　者　范　雪
责任编辑　古　冈
封面设计　蒋　浩

出版发行　华东师范大学出版社
社　　址　上海市中山北路 3663 号　邮编　200062
网　　址　www.ecnupress.com.cn
电　　话　021-60821666　行政传真　021-62572105
客服电话　021-62865537　门市(邮购)电话　021-62869887
地　　址　上海市中山北路 3663 号华东师范大学校内先锋路口
网　　店　http://hdsdcbs.tmall.com

印 刷 者　上海盛隆印务有限公司
开　　本　787×1092　1/32
插　　页　4
印　　张　4
字　　数　76 千字
版　　次　2017 年 9 月第 1 版
印　　次　2017 年 9 月第 1 次
书　　号　ISBN 978-7-5675-5839-7/I·1601
定　　价　38.00 元

出 版 人　王　焰

(如发现本版图书有印订质量问题,请寄回本社客服中心调换或者电话 021-62865537 联系)